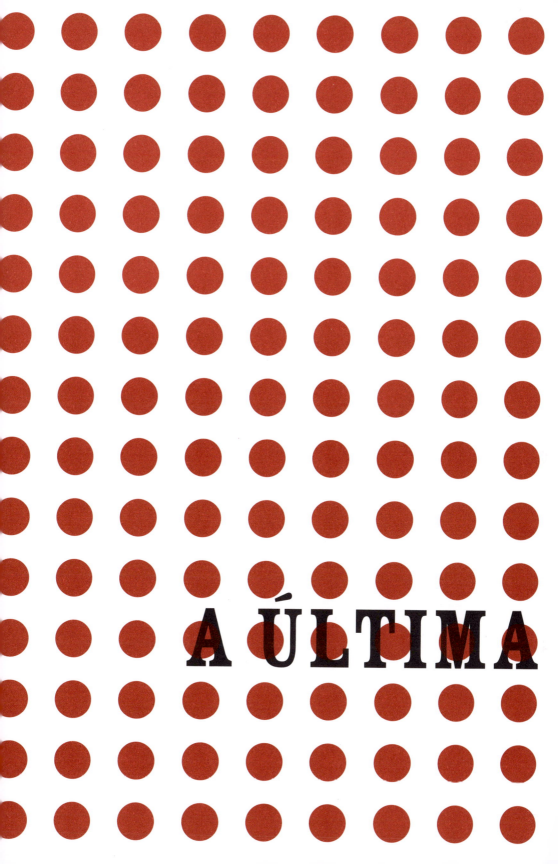
A ÚLTIMA

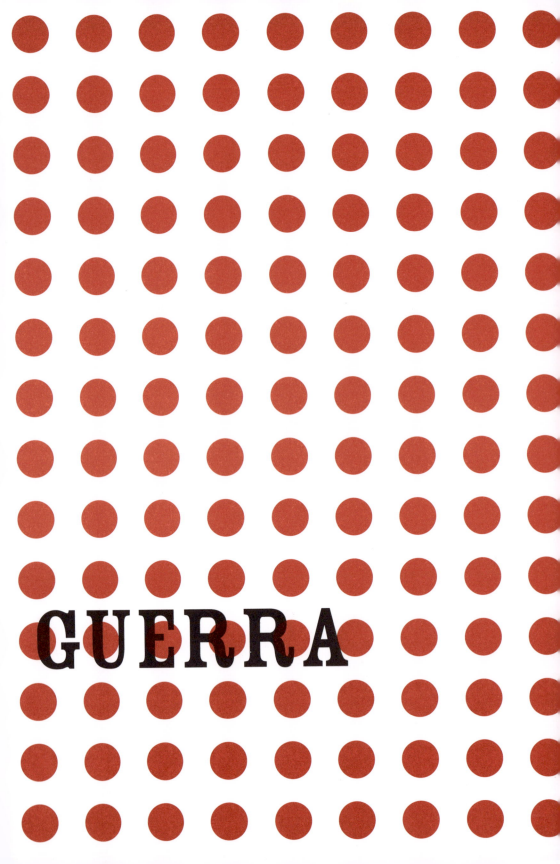

A ÚLTIMA GUERRA

LUIZ BRAS & TEREZA YAMASHITA
ILUSTRAÇÕES GUSTAVO PIQUEIRA E SAMIA JACINTHO

BIRUTA

Copyright © Luiz Bras & Tereza Yamashita

Capa
Casa Rex

Projeto Gráfico
Casa Rex

Ilustrações
Gustavo Piqueira e Samia Jacintho

Revisão
Waltair Martão

Coordenação Editorial
Editora Biruta

2ª reimpressão – 2014

Todos os direitos desta edição reservados à
Editora Biruta Ltda.
Rua Coronel José Eusébio, 95, Vila - Casa 100-5
Higienópolis - CEP: 01239-030
São Paulo / SP - Brasil
Telefones: (11) 3081-5739 e (11) 3081-5741
biruta@editorabiruta.com.br
www.editorabiruta.com.br

A reprodução de qualquer parte desta obra é ilegal, e configura uma apropriação indevida dos direitos intelectuais e patrimoniais do autor.

Edição em conformidade com o acordo ortográfico da língua portuguesa.

Dados Internacionais de Catalogação na Publicação (CIP)
(Câmara Brasileira do Livro, SP, Brasil)

Bras, Luiz
    A última guerra / Luiz Bras & Tereza Yamashita ; ilustração Gustavo Piqueira. – São Paulo :
Biruta, 2008.

    ISBN 978-85-88159-91-4
    1. Literatura juvenil I. Yamashita, Tereza. II. Piqueira, Gust
    III. Título.

08-00087   CDD-028.5

Índices para catálogo sistemático:
1. Literatura juvenil   028.5

Ali*Dentro do dentro subsistem*Os originais da versão real do mundo.*A palavra nascendo-se comendo-se gritando-se.*

Murilo Mendes

NÃO SEI SE POSSO CONFIAR EM VOCÊ.

Por isso, não vou te dizer quem eu sou, nem o que estou fazendo aqui. Pode desistir, não vou te dizer absolutamente nada! Fecha esse livro, vai fazer outra coisa. Aposto que aí, onde você está, o dia está maravilhoso, não é? O sol deve estar radiante e o céu, azul, azul. Então, por que não vai dar uma volta lá fora? Sai desse sofá, levanta dessa cama. Vai procurar teus amigos, tomar sorvete na praça. Fecha esse livro e me deixa em paz!

ME DESCULPA! Sei que estou de mau humor. Não devia falar assim com você, afinal, nem nos conhecemos, né? Como posso saber que você não é legal se ainda nem te dei uma chance? Tá bem. Vou dizer quem eu sou. Pode me chamar de Miguel. Aliás, isso é tudo do que tenho certeza: meu nome. Miguel. Do resto, já nem me lembro mais. Meus pais, nem sei se estão vivos ou mortos. Tudo por causa desta maldita guerra. Tá ouvindo as explosões lá fora? Estão cada vez mais perto. Daqui a pouco vão explodir aqui dentro e acho que, depois disso, não sobrará mais nada de mim pra contar esta história.

MAS VOU COMEÇAR DO COMEÇO. Senão, acabo deixando você mais confuso do que eu mesmo já estou. Também, como não ficar baratinado com tudo o que está acontecendo? Não faz muito tempo, eu estava na sala de casa com meus pais e minha irmã, jogando não sei que jogo — acho que damas —, e conversando, e rindo… Estávamos na sala de casa, uma casa pequena, mas confortável, no subúrbio… Eu ensinava minha irmã pequena a jogar damas. E, de repente, adeus! Já não havia mais damas, já não havia mais sala, já não havia mais casa nem subúrbio! Tudo o que ouvi foi uma grande explosão. Depois, mais nada. Os meus pais e a minha irmã, nunca mais voltei a vê-los.

TE FALEI DA EXPLOSÃO QUE DESTRUIU A CASA, MAS NÃO FOI SÓ ISSO.

Teve um tremor de terra e uma nuvem cinza que cobriu a cidade. Acho que essa nuvem era a mistura de toda a poeira que escapou dos prédios que desabaram junto com a nossa casa. Minha irmã chorava em algum lugar. A porta da sala ficou atulhada de pedras, vigas e tudo o mais. Quase não dava pra passar. Só havia um buraco estreito entre o batente e a parede. No escuro, meu pai gritou pra mim: "Vai, passa!", mas eu estava com tanto medo! Ele repetiu: "Vai logo, antes que o teto caia!" E eu fui, passei pelo buraco. Quando me virei, outro estrondo e o teto veio abaixo. Corri pelo jardim, precisava pedir socorro, desci e subi a rua e não achei ninguém que pudesse me ajudar.

CHOREI TANTO NESSE DIA, NA FRENTE DA MINHA CASA.
Da casa, que já não era mais a minha casa. A cidade toda estava em ruínas: dos prédios, dos edifícios comerciais, das casas e das árvores, tudo o que sobrara eram tocos fumegantes. Escombros, em toda parte. Colunas de fumaça subindo na direção do céu cinza. Então, dos destroços, começaram a aparecer pessoas. Gente com o rosto desfigurado, em prantos. Gente sem mais nada no mundo. Homens, mulheres, velhos e crianças. Cada um como eu, querendo que os outros ajudassem a salvar seus parentes. Mas ninguém ajudava, ninguém tinha forças pra fazer mais nada.

FOI QUANDO OS HELICÓPTEROS APARECERAM.

E os tanques. E os jipes e os caminhões cheios de soldados. Muitos. Todos inimigos. Metralhadoras e lança-mísseis. Eu vi esse exército chegando e vi uma multidão assustada se formando no começo da rua. Parecia um pesadelo. Quando percebi, eu estava dentro da multidão, correndo feito louco, tiros de metralhadora pra todo lado! Me escondi num buraco no chão, um tipo de trincheira, bem na hora que o nosso exército chegou. Encolhi-me todo e enfiei a cabeça nos joelhos. Queria entrar na terra, desaparecer pra sempre. Mas não desapareci. Antes, fiquei ouvindo os gritos de "Avançar!" e o zunzunzum dos disparos no meio da rua.

VÊ POR QUE NÃO TENHO RAZÃO NENHUMA PRA CONFIAR EM VOCÊ, NEM PRA ESTAR DE BOM HUMOR?

Não confio em ninguém, entendeu?! Ninguém! Aposto que você, sentado aí nessa poltrona ou deitado na sua deliciosa cama, longe, bem longe de todo este horror, tem mil perguntas martelando a sua cabeça, né? Agora, que já sabe o meu nome, quer saber minha idade, como cheguei até aqui, quem é o homem que eu estava seguindo antes de chegar aqui… Mil perguntas. Muito bem, pra todas elas a resposta é a mesma: não sei. É. Não sei mesmo. Minha idade? Acho que tenho 12. Ou 11. Ou 13. Como posso ter certeza? Perdi totalmente a noção do tempo desde que a guerra estourou. Nunca parei pra olhar um calendário e, pensando bem, faz séculos que não faço aniversário.

DESDE QUE MINHA CASA FOI DESTRUÍDA, VIVO NAS RUAS, SEM AMIGOS, ESCONDIDO DE TODOS.

E já faz tempo que ando a esmo. Ora durmo aqui, ora ali, quase sempre sob os escombros. Ontem, por exemplo, dormi na sala de aula de uma escola abandonada. Me alimento com o que me dão pra comer ou com o que consigo roubar. Agora sou só eu e esta mochila, que achei por aí. Tudo o que tenho na vida está dentro dela. Quando vejo o inimigo se aproximando, desapareço. E faço o mesmo quando vejo soldados do nosso exército, porque não confio absolutamente em ninguém. Entendeu? Ninguém! Pra mim, gente que usa um capacete e carrega uma metralhadora não pode ser considerada amiga. De jeito nenhum.

OUTRA PERGUNTA QUE VOCÊ DEVE ESTAR SE FAZENDO: QUE LUGAR É ESTE ONDE ESTOU?

Já disse: não faço a mínima ideia. Mas que é um lugar incrível, lá isto é. Dá só uma olhada nestas estantes abarrotadas de livros! E estes quadros pendurados nas paredes, não são mesmo fabulosos? Olha só ali no canto, aquela armadura medieval. Brrr! Parece até que tem alguém dentro, dá até calafrios. E estas miniaturas em cima da mesa! Um avião, uma locomotiva, um transatlântico… Sei que não devia estar mexendo nestas coisas, mas não consigo evitar. São tão… são tão… maravilhosas! Meu pai, eu me lembro muito bem, ele adorava miniaturas. Tinha uma coleção delas. Nossa casa era cheia de modelos de madeira, que ele comprava e montava. Caramba, olha só estes mapas-múndi e este globo terrestre, maior do que eu!

A VERDADE É QUE CHEGUEI AQUI MEIO SEM QUERER. Eu estava seguindo um cara que vi na rua. Um tipo muito esquisito, de casaco e chapéu, puxando um carrinho de feira caindo aos pedaços. Esse cara... Não era a primeira vez que eu o via. A sensação que tenho é que eu o conheço... De um sonho. Como pode? Por isso, fiquei de tocaia. Ele vasculhava o lixo e tudo o que achava de interessante ia enfiando no tal carrinho. De repente, começou um tiroteio, mas ele nem se abalou. As balas zuniam de lá pra cá e o sujeito, em vez de se esconder como todo mundo, continuou o que estava fazendo. Até que entrou numa viela e sumiu. Eu corri atrás dele. Quase levei uma bala perdida, que perfurou a parede acima da minha cabeça.

QUANDO ENTREI NA VIELA, O SUJEITO NÃO ESTAVA MAIS LÁ. "Mas aonde...", matutei. Agachado, pra não levar um balaço, vasculhei tudo. Nem sinal dele. Até que olhei pra cima. Ele e o carrinho estavam lá no alto, atravessando uma passarela em frangalhos prestes a desabar. Foi quando ele olhou pra baixo e me viu. Levei um susto! Os olhos dele eram terríveis, sombrios, cheios de fogo. Pareciam os olhos do diabo. Ele me fixou durante algum tempo e eu não consegui sair do lugar. Então, ele ergueu a mão e apontou algo atrás de mim. Minhas pernas bambearam. Tive medo de me virar, de olhar pra onde ele apontava. Tive muito medo do que é que podia estar atrás de mim.

ERAM TRÊS SOLDADOS.

Não sei se amigos ou inimigos, não dava pra saber. No campo de batalha, armados até os dentes, todos têm cara de bicho enlouquecido. São todos lobisomens, os amigos e os inimigos. Por isso, tratei de fugir. Pulei uma janela já toda quebrada e me meti por um corredor escuro e fedorento. Devia ser um depósito de carne ou de outro alimento qualquer, estragado por causa da guerra. Subi uma escada e atravessei outro corredor, mais escuro e fedido do que o primeiro. Quando vi, já me encontrava aqui dentro. Nem sei como entrei... Acho que a porta estava aberta, só pode ter sido isso.

E VOCÊ AÍ, TODO CONFORTÁVEL NESSE SOFÁ, NESSA CAMA, OU SEJA LÁ ONDE VOCÊ RESOLVEU SE ACOMODAR.

Por que não foi lá pra fora, encontrar os amigos, quando teve a oportunidade? Por que preferiu ficar aí com esse livro nas mãos? Você é mesmo um felizardo por não saber o que é uma guerra. Por nunca ter passado pelo que eu estou passando. Fome, frio, medo. E, agora, isto: um homem com os olhos do diabo, perambulando pela cidade. Pelo que sobrou da cidade! De agora em diante, como é que vou poder dormir em paz sabendo que ele está por aí, à solta? O próprio diabo!

O PRÓPRIO DIABO? Mas é claro… Se ele está aqui, então tudo faz sentido. A guerra estourou por sua causa. Ele! Ele é o responsável por tudo isto! Como não pensei nisso antes? Nós vivíamos em paz, a cidade vivia em paz. De repente, esta loucura. As pessoas não ficam malucas de uma hora pra a outra… Ou ficam? Não, não ficam. Foi tudo culpa dele. Fogo e devastação. Foi isso o que ele trouxe quando chegou aqui. E esta sala… Estas pinturas, estas miniaturas… Este apartamento maravilhoso… Só pode ser a casa dele! Ah, não, era só o que me faltava! Onde foi que eu me meti?!

– FIQUE TRANQUILO. EU NÃO SOU O DIABO.

A voz vem de um dos cantos da sala. Me viro pra lá e percebo que há mais alguém comigo: um vulto sentado na sombra.

— Quem está aí? — pergunto, tremendo nas bases.

— De que adiantaria eu te dizer quem eu sou? Você não me conhece mesmo — a voz responde.

Fico sem saber o que fazer. Com o rabo dos olhos, espreito a porta, que continua aberta. Penso seriamente em sair correndo.

— Espere, não vá embora — ele pede. Além de tudo, o sujeito ainda lê pensamentos!

— Quem é você? Não tente chegar perto, senão...

— Acalme-se, não precisa ter medo. Eu não vou te morder, não. Me chamo Ferreira. Ferreira Bueno. Moro aqui — então, ele acende o abajur que está ao seu lado, e vejo que se trata do sujeito do casaco e do chapéu. O próprio demônio!

– JÁ TE DISSE QUE NÃO SOU NENHUM DEMÔNIO. Pare com isto, sim?

Ele está sentando numa poltrona. Ao perceber que não pretendo fugir, se levanta, tira a capa e o chapéu e me mostra o rosto:
— Está com fome? Pela sua cara, deve estar morrendo de fome. Ainda não jantei. Quer me acompanhar?
Eu não saio do lugar. Olho desconfiado pra ele, enquanto seguro firme minha mochila. Assim, se ele tentar alguma coisa, tiro a faca que carrego dentro dela e parto pro ataque.
— Venha. Não temos muito tempo. Precisamos agir rápido — ele me diz, estendendo a mão.
— Não temos muito tempo pra quê? — eu pergunto, ainda muito cabreiro.
Ele é magro e baixo, muito diferente do que eu imaginava ao vê-lo na rua. E também mais velho. Tem barba e bigode, muitas rugas na testa e uma careca brilhante. Além das maiores orelhas que já vi na vida.
— Pra quê?! Ora, pra salvar nossas vidas. Pra salvar esta cidade. Pra salvar o mundo. Pra que mais?

– ESTÁ COM FOME OU NÃO?

Hesito, mas logo entrego os pontos:
— Estou.
— Então, por favor, feche a porta e venha comigo.
Obedeço. Passamos pro outro cômodo, onde há uma pia, um armário, uma mesa e um fogão. Nas paredes, centenas de quadros e pôsteres, máscaras africanas e pipas chinesas. Do armário, ele retira dois pratos de alumínio, três latas e um abridor. Jantamos feijão, salsicha e sardinha. Quando termina, ele arrota bem alto, depois pede desculpas:
— É o hábito. Não estou acostumado a receber visitas.
Com o barrigão feliz, também dou um arroto bem forte e comento:
— Tudo bem. Sei como é.

ELE É UM VELHOTE ENGRAÇADO, CHEIO DE CACOETES. Quando fala, costuma desenhar as palavras no ar com a ponta do indicador. Quando ouve, fica girando os olhos como se estivesse tendo um piripaque. Muito esquisito. Mas não me parece um cara perigoso.

— Está pronto? — ele me pergunta, a barba suja de feijão.
— Pronto pra quê?
— Pra salvar o mundo. Já te disse isso!
— Outra vez essa história? Você deve ser maluco.
Seu rosto fica vermelho e seus olhos parecem que vão saltar pra fora:
— Maluco? Você me chamou de maaluucoo? Sabe o que acontece com quem me chama de maaaaluuuucoooo?
Ele avança pra cima de mim. Seus olhos estão em brasa! Imediatamente eu tiro a faca da mochila.

MAS NÃO TENHO CORAGEM DE MACHUCÁ-LO.

Na verdade, não é preciso. Ele simplesmente se aproxima de mim e começa a me farejar, como se fosse um cachorro.
— Ei! — eu grito.
— Não se mexa. Não se mexa. Não temos muito tempo.
O velhote é mesmo doido de pedra! Me fareja de cima a baixo e para na mochila:
— Aqui, aqui, aqui!
— São as minhas coisas. Não tem nada aí que seja do seu interesse.
— Tem, sim. O livro. Ele está aí dentro.
— Livro? Que livro? Não tenho nenhum livro comigo. Você é louco!
— Tem, sim. Eu posso senti-lo. Está dentro da sua mochila. Quero dizer, da **minha** mochila… Rápido, me dê o livro. O tempo está se esgotando!

ELE CORTA O FUNDO DA MOCHILA COM A MINHA FACA.
E não é que há mesmo um livro escondido lá dentro?! Um livro muitíssimo pequeno, de capa de couro cheia de desenhos e arabescos, as páginas totalmente amareladas.

— Ei, quem foi que colocou isso aí? — eu digo, surpreso, e tomo o livro das suas mãos.

— Fui eu! Fui eu mesmo! Agora me dê, me dê, me dê!

Devolvo o tal livro a ele, que o recebe como se fosse a coisa mais preciosa do mundo.

— E é! — ele me diz, feliz da vida. — Você não se lembra, mas já nos encontramos antes. Foi quando eu coloquei a mochila perto de você, sem que percebesse. Fiz isso pra que ficasse com ela.

— Calminha aí, ok? Me conta essa história direito.

ELE VOLTA A SE SENTAR NA CADEIRA E, ENQUANTO FOLHEIA O LIVRO, ME EXPLICA TODO O MISTÉRIO: — Foi há mais ou menos um ano. Durante um ataque da artilharia inimiga. Eu estava acompanhando tudo, de longe. Vi você e mais um bando de gente correndo pela rua. Chovia bombas do céu, por isso, tiveram que se esconder no porão de um prédio. Tá lembrado disso?
— Foram tantos os ataques que já nem sei diferenciar uns dos outros. Pra mim, foram todos iguais.
— Mas eu nunca vou me esquecer deste em particular. Pois foi quando, aproveitando a confusão, eu escondi o livro dentro da mochila e botei a mochila do seu lado. Foi assim: entrei naquele porão sem que ninguém percebesse. Eu também estava fugindo, mas de outro inimigo. À noite, ao ver que você dormia, tive uma ideia genial. Peguei minha mochila, tirei tudo o que havia dentro, escondi o livro e costurei um fundo falso. Em seguida, deixei-a perto de você. Fiz tudo com cuidado, pra que você não desconfiasse de nada.

– MAS POR QUE VOCÊ FEZ ISSO? POR QUE ESTE MISTÉRIO TODO? – EU PERGUNTO.

Ele não desgruda os olhos das páginas amareladas. São tão pequenas que não sei como ele consegue ler o que está escrito, sem óculos.
— Vamos, me diz! — eu repito. — Por que este mistério todo?
Quando ele está prestes a me explicar, a luz da cozinha começa a piscar feito louca. Ele dá um pulo de lado:
— Oh, não! Oh, não!
Eu arregalo os olhos e também me levanto:
— Que foi? Que é que está acontecendo?
— Eles estão chegando. Meus perseguidores estão neste prédio.
— Seus perseguidores? Mas quem são eles?
— Gente cruel, gente muito cruel! São piores do que o exército inimigo que destruiu a cidade. Venha, vamos pro quarto ao lado.

O OUTRO QUARTO É MUITO PARECIDO COM OS DEMAIS CÔMODOS DO APARTAMENTO.
Ocupando as paredes laterais, há muitas estantes abarrotadas de livros. Na parede do fundo, uma escrivaninha cheia de papéis. No teto, dezenas de aviões de madeira, sustentados por fios de náilon.

— Está preparado? — ele me pergunta.
— Preparado pra quê?
— Pra destruir o mundo!

Fico duro feito pedra. O velhote me encara, sério. Começo a pensar que ele só pode ser um sujeito muito perigoso.

— Destruir o mundo? Você ficou louco. Isso é impossível!
— Não, meu jovem amigo. Não é. E este livro, que você carregou durante tanto tempo, irá provar isso.

A LUZ DO TETO E TODAS AS LUZES DO APARTAMENTO CONTINUAM PISCANDO.

É o sinal de alerta que avisa quando o inimigo está prestes a chegar.

— Daqui a alguns minutos eles estarão aqui, portanto, temos que fazer isso agora.

Olho bem pra cara dele e começo a rir:

— Pensa que sou idiota? Que brincadeira é esta? Quer dizer que você quer destruir o mundo, né? E de que jeito? Não estou vendo nenhuma arma aqui. Só estas suas miniaturas de aviões. É com elas que você vai explodir o planeta? Ou com aquela armadura enferrujada lá da sala? Você é louco, isso, sim. A guerra te deixou louco, como fez com todo mundo. Agora tudo o que você sabe fazer é brincar com seus brinquedinhos de velho gagá.

A EXPRESSÃO DO SEU ROSTO MUDA SUBITAMENTE. Fica mais triste, mais abatida. Eu o magoei chamando-o de "velho gagá". Por isso, ele me dá as costas e vai até a escrivaninha. Fica ali algum tempo, fingindo que eu não estou ao seu lado.
Penso em pedir desculpas. Mas não faço nada. Também fico quieto.
Ele coloca o livro em cima da escrivaninha. Mas não começa a ler. Em vez disso, ainda usando minha faca, corta com delicadeza a face interna da última capa.
Minha curiosidade volta a se acender. Que será que ele está fazendo?
Devagar, ele ergue outro forro falso, desta vez, o que fizera na capa do livro! E, de dentro desse forro, ele retira um minúsculo CD. Seus olhos voltam a brilhar. Os meus também. Radiante, ele me diz:
— Velho gagá, hein? Você vai ver que de gagá não tenho nada, meu jovem. Posso ser um pouco excêntrico às vezes. Mas não maluco!

ELE ABRE UMA DAS GAVETAS DA ESCRIVANINHA E VEJO QUE HÁ, LÁ DENTRO, UM DRIVE DE COMPUTADOR.

— Como conseguiu isso? — pergunto, estarrecido.
— Foi muito fácil. Sou cientista, não sabia? Trabalhei durante décadas nos mais avançados institutos tecnológicos deste país. Isso, antes da guerra, é claro.
— É deste CD que teus perseguidores estão atrás?
— Exatamente.
Ele introduz o CD no drive e imediatamente a luz de alerta para de piscar.
— Já é hora de assumir o controle da situação.
Ouvimos passos no apartamento do andar de baixo. Depois, atrás da porta de entrada, lá do vestíbulo. Então, a porta explode, na certa atingida por uma saraivada de metralhadora.
— Eles entraram no apartamento! — eu grito.

– EU CUIDO DISTO.

O velhote aperta um botão ao lado do drive e coisas estranhas começam a acontecer. As paredes, todas falsas, giram na própria base. De onde havia estantes, surgem monitores e computadores multicoloridos. O tampo da escrivaninha dá lugar a um teclado e um monitor cheio de gráficos e tabelas. O teto também gira e, de onde estavam os aviões de madeira, aparece um gigantesco painel fluorescente. Do piso, perto de mim, brota um globo terrestre holográfico. E o melhor é que uma porta blindada desliza silenciosamente, fechando a passagem e nos protegendo dos invasores.

— Agora estamos seguros. Pelo menos por enquanto — ele diz, sem despregar os olhos do monitor. Depois, voltando-se pra mim, começa a rir: — É melhor você segurar teu queixo. Ele está quase encostando no chão!

– ESTÁ PRONTO PRA DESTRUIR O MUNDO?

— Está falando sério? Vai mesmo destruir tudo? Mas por quê? Estou realmente preocupado. Preferia mil vezes que ele fosse um inofensivo velho gagá. Agora, vendo toda esta parafernália, tenho medo de que ele possa mesmo fazer o que está prometendo.
— Meu jovem, preste muita atenção. A coisa é séria. Não quero destruir o mundo. Não é nada disso.
— Então, o que é?
— Eles é que estão a ponto de detonar uma bomba nunca vista antes. Uma bomba capaz de rachar a crosta terrestre e nos destruir completamente.
— Mas por quê?
— Simplesmente porque estamos perdendo a guerra. Nossos inimigos são muito mais poderosos do que nós. E, já que não temos como vencer, os militares querem destruir tudo, pra que nossos inimigos também não saiam vitoriosos.
— Isso é loucura!
— Eu sei. Eu trabalhava pra eles e tentei dizer isso: "É loucura!" Mas me acusaram de traição e tentaram me matar. Por isso, fugi.

VIOLENTAS PANCADAS NA PORTA. Depois, uma série de ratatás, como se estivessem dando tiros de metralhadora.

O velhote transpira de nervosismo. Eu também. Ele pega o livro de onde tirou o CD e me diz:

— Este livro é muito antigo. Foi escrito em outra língua, por um povo que já não existe mais. Mas eu consegui decifrá-lo! E o que ele diz é muito simples: que o nosso mundo, o mundo onde vivemos, não é o verdadeiro mundo.

— Como assim? É claro que nosso mundo é verdadeiro! Que bobagem.

— Não, meu rapaz. Este mundo é apenas uma cópia malfeita do mundo verdadeiro, um rascunho do verdadeiro universo. Por isso, é tão imperfeito. Por isso, essa guerra estúpida e sem fim, levada a cabo por gente fora de si. E este livro diz mais. Ele me mostrou como eliminar este mundo e trazer, no seu lugar, o verdadeiro.

— Que absurdo! E como isso pode ser feito?

Ele digita várias equações no teclado. Ao terminar, diz:

— Basta apertar este botão.

E me estende o teclado, apontando pra um botão vermelho.

UM EXPLOSÃO NA SALA AO LADO FAZ A PORTA BLINDADA INCHAR FEITO UM BALÃO. Mas a porta resiste.

— Em pouco tempo estarão aqui. Temos que fazer isso agora — o velhote me diz.

— Tem certeza de que vai dar certo? Tem certeza de que não vamos piorar mais ainda as coisas? — eu pergunto, suando mais do que ele.

O teclado treme em suas mãos. Ele o coloca no colo, abaixa a cabeça e, também muito nervoso, alisa a careca. Suas orelhas, nessa posição, ficam enormes. Ele sussurra:

— Não… Não posso prometer que vai dar certo. Isso nunca foi feito antes.

— E se destruirmos tudo? E se nada sobrar no lugar?

— Aí teremos feito o que eles queriam fazer desde o início: acabar com o universo.

— Então, não vamos apertar nenhum botão. Não podemos fazer isso.

— Se não fizermos, eles farão. Já se esqueceu da bomba?

SINTO-ME ENCALACRADO, NA MAIOR SINUCA, AS MÃOS MOLHADAS E FRIAS.

Ele tenta me convencer:
— Eu posso muito bem apertar este botão. E vou fazê-lo, pode apostar que sim! Mas prefiro que isso seja feito por você, por mãos jovens. O mundo novo tem que ser feito por mãos jovens. Não tenha medo. Se tudo correr bem, você irá criar um novo mundo. Um lugar muito mais justo e sábio. E sem guerras.
— Não sei... Não posso. Entende? Não consigo.
— Aperte o botão, meu jovem! Acredite! Talvez os originais da versão real do mundo apareçam depois disso!

"OS ORIGINAIS DA VERSÃO REAL DO MUNDO...
Será mesmo verdade?", eu penso, o dedo a um centímetro do botão. Mas recuo, não faço o que o velhote me pede:

— Não posso. Não tenho coragem.

HÁ UMA EXPLOSÃO, E OUTRA, E MAIS OUTRA.

Em seguida, um gemido e a porta blindada cai atrás de mim. Me viro e vejo a fúria no rosto de um dos soldados que entram no quarto. Fecho os olhos e aperto o botão.

NUNCA MAIS TORNEI A ENCONTRAR O DOUTOR FERREIRA BUENO, O VELHOTE MAIS MALUCO QUE JÁ CONHECI. Mas jamais me esquecerei dele.

ASSIM QUE APERTEI O BOTÃO O QUARTO TODO DESAPARECEU. Sumiram os computadores, os painéis luminosos, o globo terrestre holográfico e os soldados armados até os dentes. Até mesmo eu sumi, pois eu já não tinha mais corpo, só consciência. E você aí que me lê, por favor, não me pergunte como é não ter corpo, mas só consciência. Eu não saberia explicar. Como é que alguém pode explicar que não tem braços, nem pernas, nem cabeça, mas, mesmo assim, está vivo? Impossível! Eu estava vivo. Via tudo, escutava tudo, sentia tudo. Mas já não era mais de carne e osso. Era outra coisa, como um facho de luz, entende? Se não entende, não faz mal. Nem eu entendo! Por isso, use a imaginação, feche os olhos e me acompanhe nessa viagem no tempo e no espaço.

DEPOIS QUE EU APERTEI O BOTÃO, O UNIVERSO INTEIRO DESAPARECEU.

E tudo começou outra vez, como se estivesse sendo passado a limpo. O velhote estava certo! Eu vi o Big-Bang. Um bola de energia que acendeu a escuridão do espaço. A explosão que deu origem às galáxias, às estrelas e aos planetas. Eu vi a Via Láctea sendo formada, milhões de estrelas, depois, o nosso sistema solar, depois a Terra e a Lua. Eu vi vulcões, nuvens e oceanos. Vi tempestades terríveis, furacões e avalanches, e a vida surgir no nosso planeta. Peixes, anfíbios, insetos, mamíferos... Eu vi os dinossauros e os primeiros homens. E as primeiras cidades. E as primeiras nações.

E NÃO VI GUERRA NENHUMA.
Pois tudo estava diferente. Mas diferente de um jeito que eu nunca vira antes. No mundo não havia mais fome nem crimes, na certa porque as pessoas haviam aprendido a viver em paz.

FOI QUANDO VI ALGO INCRÍVEL!

Uma casa. É, uma casa na periferia de uma grande cidade. E dentro dessa casa estavam meus pais e minha irmã. Eles mesmos! Foi nessa hora que senti que devia pôr fim na minha viagem. Então, ainda na forma de um facho de consciência, mergulhei na direção da casa. E qual não foi a minha surpresa quando vi que, num dos quartos, deitado numa cama, havia alguém muito parecido comigo? Só podia ser eu mesmo! Não tive dúvidas, aproveitando que eu dormia, entrei em mim como um raio. E, ao acordar, voltei a viver mais uma vez como gente!

E AGORA ESTOU AQUI.
No mundo novo. A primeira coisa que faço é abraçar e beijar meu pai, minha mãe e minha irmã. Beijo todos eles muitas e muitas vezes, até cansar. Estava com tanta saudade! Eles, é claro, não entendem nada. Não sabem o que aconteceu. Afinal, o único que participou da destruição do velho mundo fui eu. Minha mãe leva um susto com tanto beijo. Quer logo saber:
— Nossa, que delícia! Você nunca foi disso! Até parece que você não me vê há anos?
— É que tive um sonho ruim — eu minto, aproveitando que acabei de acordar. — Um pesadelo horrível.
— Com o que você sonhou? — minha irmã pergunta, bastante interessada.
— Com uma cidade toda destruída. Com muita gente sofrendo. Com uma guerra que não acabava mais — e continuo dando detalhes.
Quando termino, ela arregala os olhos, assustada com o que contei, e corre pro meu pai. De longe, fica me vigiando. Depois, ainda morta de medo, quer saber mais:
— Papai... O que é isso que o Miguel falou? O que é uma guerra?